大興縣

建置沿革

大興縣，《圖經志書》：昔周武王封帝堯之後於薊，後燕國亦都薊。按《水經注》云：城内西北隅有薊邱，故以名縣。秦屬上谷郡，漢屬廣陽國，東漢爲廣陽郡，兼立幽州，縣仍之。魏、晋并爲燕國。五胡之亂，燕慕容雋自和龍徙都於此。後魏置營州，仍立郡於幽州，領薊等縣。隋省郡，爲幽州治所。唐武德初，置大郡督府。建中二年，以薊縣爲廣寧縣，尋析西界置幽都縣，而薊如故。石晋天福元年，割以遺遼，遼改爲薊北縣，屬幽都府。統和二十二年，改幽都府爲析津府。開泰二年，更號燕京，又改薊北縣名析津縣，後金得之，以歸宋。未幾，又没於金。貞元元年徙都，改析津府爲大興府。二年仍改析津縣爲大興縣，分治東界，與宛平同隸大興府。元初，改大興府爲中都，而縣屬焉。至元四年，始遷都於中都之東北，仍以大興、宛平爲倚郭，隸大都路。洪武元年八月内附，改大都路爲北平府，而大興仍分理本府之東界云。《大明清類天文分野之書》：秦薊縣。漢爲廣陽國，東漢爲郡，兼立幽州，仍爲薊縣。晉屬燕國，後爲慕容雋所據。元魏亦爲幽州，立燕郡。隋爲涿郡。唐爲幽州治所。開元二十三年，升爲望縣。建中二年，析西界，置幽都縣。五代石晋亦爲薊縣，後割地予遼。遼爲幽州都府。開泰元年，更縣爲析津。金得之割以遺宋。宋宣和七年，復歸金，天德五年改爲大興縣。元與宛平同爲赤縣。本朝屬北平府倚郭縣。

《元一統志》：本秦薊縣，薊城西北隅有薊邱，故以爲名，亦猶魯之曲阜，齊之營丘也。〔注一〕漢爲廣陽國，東漢爲郡，兼立幽州，仍爲薊縣。魏、晋爲燕國，慕容雋據燕，都於此。元魏亦爲幽州及立燕郡。隋煬帝立涿郡，唐爲幽州治所。開元二十三年，從長史張守珪所奏，升爲望縣。按：唐制縣有六等之差，〔注二〕赤、畿、望縣，緊、上、中、下，京都所治爲赤縣，旁邑爲畿縣，除赤、畿外，望、緊、上、中、中下、下六等，以户口多少爲差。德宗建中二年，析西界置幽都縣。石晋亦爲薊縣，後割地予遼，改幽州爲幽都府，薊縣仍屬焉。遼開泰元年更縣名曰析津，以其地旅於

〔注一〕「丘」，原稿「兵」，「營兵」地名，無，齊有「營丘」，故改。

〔注二〕按新舊唐書：唐制縣有赤、畿、望、緊、上、中、下七等之差。

寅，爲析木之津故也。金得之，割以遺宋，宋宣和七年復歸金。金天德五年，改爲大興縣，管郭下東界。國朝因舊名，京師所治與宛平同，爲赤縣。

縣境

《圖經志書》：東西二十七里，南北七十里。

至到

《圖經志書》：西北到北平府一里，東至通州界西隅角鋪二十五里，自界首到通州治二十五里，共計五十里；東南至漷州界水南莊四十

里，自界首到漷州治四十里，共計八十里；至清寺村四十里，自界首到武清縣治八十里，共計一百二十里；南至東安縣界門家莊六十里，自界首到東安縣治九十里，共計一百五十里；至寺垡店一百二十里，自界首到永清縣治四十里，共計一百六十里；西南至宛平縣界順承關一十里，自界首到良鄉縣治六十里，共計七十里；西至本城宛平縣界順日中坊二里，自界首到宛平縣公廨二里，共計四里；西北至宛平縣縣界積慶

申明亭七：麗正關、齊化關、明照坊、昭回坊、華家莊社、李賢社、青塔兒社。

養濟院，左靖恭坊。洪武七年修蓋。

坊市

《圖經志書》。見本府。

鄉社

《圖經志書》：齊化關、崇仁關、麗正關、施仁關、安定關、七里鋪社、添保恭社、魏村社、鄭店社、大師莊社、大黄莊社、下馬社、華家莊社、清潤社、曹村社、盧家垡社、公田莊社、棗林莊社、大狼垡社、李賢社、黄村社、磁家莊社、青塔兒社、東湖社、陳留社、赤村社、黄堠莊社，已上并見《圖經志書》。燕臺鄉、招賢鄉、崇讓鄉、崇讓北鄉、崇禮鄉。

軍屯二十八。

《圖經志書》：燕山左衛屯九：添保恭社一、施仁關二、墳莊社二、赤村社一、盧家岱社二、棗林莊社一。

大興右衛屯九：魏村社三、大師莊社三、七里鋪社一、華家莊社二。

燕山右衛屯四：齊化關二、大黄莊社一、崇

坊二里，自界首到宛平縣東龍關門二百一十二里，共計二百一十四里； 北至宛平縣界胡渠村一十里，自界首到昌平縣治八十里，共計九十里； 東北至通州界光熙填河岸六里，自界首到順義縣治六十里，共計六十六里。

《元一統志》： 西北至上都八百里，北至大都三里，東至本縣東郊亭東通州界首三十里，西至舊城施仁門一里，東至東安門界清潤店六十里，北至大都三里，東到通州六十里，西到舊城施仁門一里，南到東安州一百里，北到大都三里，東南到漷州八十七里，西南到固安州一百二十七里，東北到順州九十里，西北到宛平縣十里。

城池

《圖經志書》。見本府。

廨宇

《圖經志書》： 縣治，在都忠坊。洪武三年依式創蓋。

官鹽局，在麗正關。洪武六年設置。

急遞鋪七： 麗正關、每鋪設置烟墩一座。齊化關、安定關、下馬社、曹村社、清潤社、西留村。

仁關一。

濟陽衛屯四：清潤社四。

彭城衛屯二：李賢社二。

壇場

《圖經志書》。見本府。

文廟

《圖經志書》：在教忠坊。洪武三年修蓋。

學校

《圖經志書》：縣學，在教忠坊。洪武三年修蓋。

射圃，在縣學東北。洪武七年創築。

分教學舍二：南薰坊、明照坊。

社學一十四所：澄清坊二、金臺坊一、居賢坊一、明時坊一、仁壽坊一、皇華坊一、麗正關一、靖恭坊一、魏村社一、保大坊一、添保恭社一、湛露坊一、青塔兒社一。

風俗

《圖經志書》。與本府同。

山川

《圖經志書》：桑乾河，河自山西來，勢極迅急，至盧溝橋東南分爲三支，一支自看丹口來分流於新河水，合而達於漷州之境；一支自看丹口南入本縣境，經清潤店達於東安縣境，今已淤塞；一支南流入於固安縣境，經霸州會於淀泊，出武清，入小直沽，以達於海。

洗馬溝，在舊城南門外。其源有二，曰百泉溪，曰麗澤門泉，俱出城西平地，至南門外，循舊湖而東流爲洗馬溝，下與新河水合。已上并見《圖經志書》。《元一統志》：在舊城南門外大興縣地。按本路所上《圖冊》引酈道元《水經》云：薊南有大湖，其源二，俱出縣西北平地，湖東西二里，南北二里，燕之舊池也。東流爲洗馬溝。

新河水，出舊西南八里，其源名夷泉，舊與桑乾河不通。自近時河流衝決看丹口北，始分一支入夷泉水，合流經南門外，會洗馬溝東流達於漷州之境，以入於白潞河。按：本路所上《圖冊》引酈道元《水經》云：濕水南出山，謂之清泉河，東流入鮑邱，即潞河也。魏太祖開泃曰俱導是也，故世謂之新河，在大興，縣河在府城南麗正關外，此河係前元開浚，欲導金口水以通舟楫者。後竟莫能行，而故道尚行，今時有潦泉通流焉。北城店飛放泊，在縣東南，廣袤三十頃。黄堠莊飛放泊，在縣南，廣袤四十頃。瓦河水，河水西南三百步第三橋河。

閘河

《圖經志書》，見本府。

橋梁

《圖經志書》，在城橋梁，見本府。

〔注一〕「堍」，橋畔之意，原稿用俗字「兔」，現改回。以下「堍」字同。

木梁石橋九座：麗正門外三，齊化門外一，文明門外二，崇仁門外一，安定門外一，舊安貞門外一。已上并見《圖經志書》。

《析津志》：北魯村三，魏棚二，黄堠莊十八，西下馬四，東下馬五，李家堍三，〔注一〕太子務五，北城五，盧家堍一，南石崖一，北石崖一，丁家堍二，榮家莊二。

古迹

《圖經志書》：迴城，在縣東南六十里。

按《寰宇記》：唐載初中，析昌州地置沃州濱海縣，隸營州。後遷於薊東南，迴城是也。《元一統志》云：迴城遺址尚存。拜郊臺二，其一在舊城東南七里，金時所築。其一在麗正門外東南七里，元時所築，垣墻故址略有存者。《元一統志》：在大興縣西南七里，遺址在焉。金大定十一年拜郊所建。

劉虞冢，按《元和郡縣志》：在薊縣西，雖屬縣境，而莫究所在。《元一統志》云：今大興，即古薊縣。公孫瓚殺幽州牧劉虞於薊市，漢獻帝初平四年也。

《元一統志》：薊丘，在舊城西北隅。舊薊門，有樓，有館，見之唐人詩咏，今并廢，而門猶存二土阜。

黄堠店，《析津志》：在京城西北六十里，與皂角納鉢相近。每歲大駕往還，皆經於此。

大口店，在京城西北四十里，舊有城，今爲店，西有高丘鼎峙，曰三疙疸。車駕春秋往還，百官迎送於此。

寺觀

《圖經志書》：憫忠寺，在舊南城。寺有傑閣，閣前有二石塔。昔唐太宗征高麗還，嘗憫忠義之士没於兵，將建寺爲之薦福而未果。則天萬歲通天元年，追感二帝之志，遂建是寺，以「憫忠」爲額。中和二年灾。景福初，節度使李匡威重建。遼世宗天禄四年，閣又灾。應

曆五年，又重建之。金世宗大定十五年，爲建前殿。今寺與塔皆毁，遺址僅存。

户口

《圖經志書》：洪武二年，初報户二千九百九十三，口九千八百九十二。洪武八年，實在户一萬二百四十九，口三萬九千一百九十二。

田糧

《圖經志書》：洪武二年，初報民地二十六頃六十一畝六分九厘三毫四絲八忽，每畝起科，夏税地正麥五升，秋糧地正米五升。洪武八

年，實在地二千二百八十頃七十四畝四分四厘八毫七絲，官地四頃二十九畝五分七毫五絲四忽，每畝起科，夏稅地正麥一斗，秋糧地正米一斗；民地二千二百七十六頃四十四畝九分四厘一毫一絲六忽，每畝起科，夏稅地正麥五升，秋糧地正米五升；已起科地一千二百一十九頃一十五畝九分一厘七絲二忽，官地四頃二十九畝五分七毫五絲四忽，民地一千二百一十四頃八十六畝四分三毫一絲八忽，未起科民地一千六十一頃五十八畝五分三厘七毫九絲八忽。

人物

《圖經志書》：徐邈，字景山，薊人也。魏文帝時，歷平陽、安平二太守，潁川典農中郎將，所在著稱。後爲涼州刺史，風化大行，民歸心焉。

劉況，字道真，薊人。博學好古，領本邑大中正，敦儒道，愛賢能，進霍原及申理張華，疏奏皆詞旨明峻，爲時所稱。

張希崇，字德峰，幽州薊人也。唐末，事劉守光爲偏將，戍平州。後爲契丹所得，以爲平州節度使。希崇率其麾下南歸後唐。明宗拜汝州防庖人皆隸焉。世祖在潛邸，知其重厚，使從迎皇后於弘吉剌之地。乃即位，立尚食、尚藥二局，賜金符，提點局事。卒，追封聞喜郡侯，謚敬懿。子丑妮子。

丑妮子，方幼時，世祖愛之，嘗坐之御席傍。從征雲南，躍馬入水，斫船，破其軍，帝奇其勇敢。己未，從伐宋，還自鄂州，卒。追封臨汾郡公，謚顯毅。子虎林赤。

虎林赤，智勇絶人。嘗從幸和林，中道值大風，晝晦，敵猝至，擊走之。佩其大父金符，提點二局，兼司農。嘗入侍，帝問治天下何爲本？曰：「重農爲本。」何爲先？曰：「用賢爲先。用賢則天下治，重農則百姓足。」帝深善之，超拜宣徽使，辭，改僉院事。卒。子禿堅不花。〔注一〕

禿堅不花，襲職，世祖以故家子，他日可大用，使在左右。從征乃顏，軍次杭海，敵猝至，帝令急擊之，擒其首將以歸。帝奇其勇。杭海叛者請降，衆議以爲親犯王師，宜誅之，禿堅不花獨曰：「杭海本吾人，或誘之以叛，豈其本心哉！且兵法，殺降不祥。宜赦之。」帝曰：「禿堅不花

〔注一〕「禿」，原稿爲「虎」，據《元史·禿堅不花傳》改。下文同改。

議是。」升同僉宣徽院事。每論政帝前，言直而氣不懾，帝亦知其直。

成宗即位，諸侯王會於上京，凡宴享之節，賜予多寡，無一不當其意，帝喜曰：「宣徽得禿堅不花足矣。」帝疾，及大漸，内難將作，揆以正義，無所回撓。

武宗即位，深嘉其忠，進階榮祿大夫，遥授平章政事。帝訪群臣以治道，禿堅不花以爲治國安民之實在於生財節用。帝嘉納焉。

英宗即位，帖失譖殺之。後帖失伏誅，事乃白，追封冀國公，謚忠隱。

劉德温，字純甫，大興人。起家中書省宣使，纍官中憲大夫、同知大都路總管府事。輦轂之下，供億浩繁，德温措置有法，民用不擾。後爲大司農丞。耕籍之儀，取具一時，德温欲考訂典禮，集爲成書，未畢，俄授通議大夫、永平路總管。永平當天曆兵革之餘，野無民居，德温爲政一年，〔注一〕而户口增，倉廩實，遂興學育材，庶事畢舉。灤、漆二水爲害，有司歲發民築堤以捍之，德温曰：「流亡始集，而又役之，是重困民也。」遂罷

〔注一〕「一」，原稿爲「二」，據《元史》卷一七六《劉德温傳》改。

黍、桑、綿花、絲、綿、棗、核桃、桃、菉豆。

永清縣

建置沿革

永清縣，《圖經志書》：本漢益昌縣，屬涿州郡。魏晋以降，皆無所置。隋煬帝大業七年，因開渠通遼，乃於縣西置通澤縣，隋末省。唐武氏如意元年，改置武隆縣。睿宗景雲元年，又改會昌。玄宗天寶元年，更名永清，取邊境永清之義。石晋以地獻遼，至於金皆不改，元亦因之，隸大都路。洪武元年八月内附，隸北平府。

《大明清類天文分野之書》：漢益昌縣，屬涿郡，爲侯國，東漢省。晋因之。隋大業七年開渠通遼，於縣西五里置通澤縣，後罷。唐如意元年改武隆縣，景雲元年改會昌縣，天寶元年又改永清縣。五代石晋以地獻遼。遼金并因之。元屬大都路。本朝屬北平府。《太平寰宇記》：永清縣，二鄉。本幽州會昌縣地。唐天寶中改爲永清縣，即古益津關。周顯德六年，收復二關，遂於益津關建霸州，仍置永清縣。

《郡縣志》：永清縣，本名武隆，唐如意元

年析安次置，景雲元年曰會昌。天寶

縣境

《圖經志書》：東西五十八里，南北

……名。

至到

《圖經志書》：北到北平府一百六

東至東安縣北隱村界三十六里，自界首到東

治一十二里，共計五十里；〔注一〕東南至霸州

安古城界四十里，自界首到靜海縣治一百里，共計一百四十里；南至霸州永濟鎮界五十里，自界首到大城治一百三十里，共計一百八十里；西南至霸州沙城店界四十里，自界首到霸州治二十里，共計六十里；西至固安縣東内村界二十里，自界首到固安縣三十里，共計五十里；西北至固安縣黄垡村界三十里，自界首到良鄉縣治九十里，共計一百二十里；北至東安縣南寺垡店界四十里，自界首到大興縣治一百二十里，共計一百六十里；東北至東安縣安樂村界四十里，自界首到漷州治一百一十里，共計一百五十里。

《元一統志》：西北至上都九百六十五里，北至大都一百六十五里，東至東安州東南界首四

〔注一〕「三十六里」與「一十二里」相加，共計四十八里，此處數字有誤。

十里，南至霸州益津縣界首三十里，西至固安州南界首二十里，北至東安州界首火燒務北三十里，東到武清縣九十里，南到霸州古信安縣六十里，西到新城縣一百里，北到東安州五十里，東南到河間路靖海縣一百四十里，西南到霸州六十里，西北到固安州五十里，東北到漷州一百三十里。

城池

《圖經志書》：土城，歲久傾圮，惟東北一隅僅存二十餘步，壕亦湮塞。今通遼渠水，環於西南。

鐘樓，在縣治南街西。

鼓樓，在縣治南街東。

廨宇

《圖經志書》：按察分司，在縣治東南，洪武五年創蓋。

縣治，在城内街西，洪武三年依式修蓋。

税課局，在縣治南，洪武八年創蓋。

巡檢司，在東船里，洪武七年創蓋。

惠民藥局，在縣治南，洪武八年創蓋。

官鹽局，在縣治南，洪武八年創蓋。

〔注一〕下列申明亭共一十六處，缺少一處。

急遞鋪二：在城鋪、中叉口鋪。

申明亭一十七：〔注一〕在城南關、旺麻社、黃村社、富貴東、富貴南、白雁口、東船里、青口、高家莊、別古莊、橫亭、永安鎮、仲和、中叉口、北孟、焦垈。

養濟院，在縣治東北，洪武八年創蓋。

安樂堂，在縣治南，洪武八年創蓋。

坊市

《圖經志書》：坊市社、南關社。

鄉社

《圖經志書》：旺麻社、黃村社、富貴東社、富貴南社、白雁口社、東船里社、青口社。已上舊屬景隆鄉。

高家莊社、別古莊社、橫亭社。已上舊屬宣禮鄉。

永安鎮社、仲和社。已上舊屬統和鄉。

中叉口社、北孟社、焦垈社。三社舊屬韓侯鄉。

《元一統志》：永清縣宣禮鄉、景隆鄉、韓侯鄉、統和鄉。

軍屯一十一。

《圖經志書》：燕山右衛六：南關社一、

北孟社二、中叉口社一、焦垈社二。
彭城衛四：別古莊社二、横亭社二。
大興右衛一：別古莊社。

壇場

《圖經志書》：社稷壇，在縣治西北，洪武三年創建，八年依式修整。
風雲雷雨山川壇，在縣治東南，洪武三年創建，八年依式修整。
無祀鬼神壇，在縣治北，洪武三年創建。

祠廟

《圖經志書》：三皇廟，在縣治東，舊建。
文廟，在縣治西南，舊建。
城隍廟，在縣治西北，洪武五年依式創建。
五嶽行祠，在縣治西南，舊建。
關將軍廟，在縣治南，舊建。

學校

《圖經志書》：縣學，在縣治西南，洪武五年創蓋。
射圃，在縣學西，洪武八年創築。
社學五：坊市社、富貴南社、東船里社、横亭社、焦垈社。

風俗

《圖經志書》。

山川

《圖經志書》：通遼渠，在縣西北五里通澤村發源，至縣治西南，東流入霸州淀泊。每水溢時則北流，與桑乾河合而東注。

桑乾河，在縣北一十五里，俗呼渾河。自舊東安州境南流，至本縣又東南匯於淀泊，遂入於武清。

《太平寰宇記》：桑乾水，在縣西北十里，東南流。

《元一統志》：拒馬河，在永清縣東南六十里。

東船村，西出霸州永濟鎮，東入永清縣，東與武清縣三角白河合。

關隘

《圖經志書》：東船里，在縣東南四十里，南接霸州信安古城，北抵東安縣，東南有淀泊，乃舟楫會集之所。今設巡檢司。

橋梁

《圖經志書》：南土橋，在縣治南。北土橋，在縣治北。

古迹

《圖經志書》：韓城，在縣西南一十五里，餘址尚存。里人相傳以城中昔有韓王祠，故以爲名韓，皆莫究其由。《元一統志》：城在永清縣西南八里，略有遺址。見永清所上《圖册》有韓城，而廢置不載。

真定史氏祖墓，在縣西南二十五里，廣袤一頃餘，冢以百數碣，今多毀失，僅存其四焉。

寺觀

《圖經志書》：大悲閣，在縣治東街心。

户口

《圖經志書》：洪武二年，初報户一百九十九户，口八百零二口。洪武八年，實在户一千八百六十户，口八千八百零五口。

田糧

《圖經志書》：洪武二年，初報民地二十一頃二十六畝，每畝起科，夏税地正麥五升，秋糧地正米五升。洪武八年，實在民地八百零六頃九十一畝四分五厘，已起科地三百九十九頃三畝七分五厘，未起科地四百七頃八十五畝七分。

人物

《圖經志書》：史秉直，字正道。世以財雄鄉。初，元兵南下，秉直率里中老幼數千詣太師木華黎自歸。木華黎欲用之，辭，以母老而薦其子若弟，後皆著戰功，授秉直尚書行六部事，偕烏野兒守北京。未幾，長子天倪鎮真定，副以金降人武仙。秉直密諭天倪曰：「觀仙辭氣，恐終不爲我用，宜備之。」天倪不以爲意。俄爲所害，皆服其先知。三子：天倪、天英、天澤，弟進道。

天倪，字和甫，生而有异。既長，精於書翰，木華黎奇其姿貌，擢爲萬户。挈之攻略，所至有功。師還，賜襲衣、金符，授馬步軍都統，轉右副元帥。進兵收撫真定，金恒山公武仙畏威乞降，天倪貸其死，由是燕趙府州多望風下。以功授金紫光禄大夫、河北東西路兵馬都元帥，行真定府。是復取懷孟，攻濟南，拔滄、濱、濰數州，威名益振。武仙謀叛歸金，因誘殺之，年纔三十一。〔注一〕事聞，世祖悼惜之。

天澤，字潤甫。善騎射，勇力絶人。年二十，

〔注一〕「三十一」，《元史》卷一四七《史天倪傳》作「天倪死時，年三十九」。

從兄天倪帥真定，置帳前總領。以護母北歸，而天倪爲武仙所害，府僚王守道追告之，天澤聞變，即日南行，次滿城，得士馬甚衆，遣使言其狀於國王孛魯，因承制，俾紹兄職，且命將統兵助之，進攻盧奴，生擒仙驍將葛鐵槍，軍威大振。遂下中山，拔趙州，復取真定。乃繕城壁，招流散，攻仙諸柵，皆下之。後會諸道兵圍金末帝於蔡，天澤當其北面，血戰連日，金遂以亡。中統二年，拜中書右丞相，定省規十條，董正機務。〔注一〕至元八年，授開府儀同三司、平章軍國重事。十一年，與

丞相伯顔總兵伐宋，中道病還，卒贈太尉，謚曰忠武。後纍贈太師，進封鎮陽王。〔注二〕天澤年四十，始折節讀書，其論古今事，多出人意表。出入將相五十餘年，上不疑而下不怨，人比郭子儀、曹彬云。

進道，字道遠。初，與兄秉直合謀迎降，木華黎令總兵事。擁兵下山東，號令嚴明，攻取有略，纍功遷義州節度使。攻拔錦州，叛將張致伏誅，招收廣寧府降之，即授留守。未幾，改留守北京，爲治十有餘年，闔境之內，家給人足，咸樂其生。

〔注一〕「董正機務」，《元史》卷一五五《史天澤傳》作「以正庶務」。

〔注二〕「鎮鎮陽王」，《元史》卷一五五《史天澤傳》作「鎮陽王」，疑衍「鎮」字，據删。

元初因之。尋割屬霸州，又隸大興府。中統四年，升爲固安州，隸大都路。洪武元年隨本路内附，仍爲州。〔注一〕二年降爲縣，隸北平府。

《大明清類天文分野之書》，漢本方成縣，屬廣陽國。後屬涿郡，改成爲城。晋屬幽州范陽國。元魏屬范陽郡，後省焉。隋開皇九年，自易州淶水縣移固安縣於此，屬幽州。唐武德四年屬北義州，移治歸義章信堡城。貞觀元年省州，以縣屬幽州。遼因之。金屬涿州，割以遺宋，宋名涿水郡，威德軍節度，縣隸焉。未幾金取，仍爲涿屬邑。元割屬霸州，又隸大興府。中統四年，升爲固安州，屬大都路。本朝洪武二年降爲縣，屬北平府。

《輿地要覽》：本漢安成縣地，隋移固安縣，屬燕州。後屬涿州，州有新昌。

縣境

《圖經志書》：東西七十里，南北八十里。

至到

《圖經志書》：北至北平府一百二十里；東至本府永清縣界南叉口村三十里，自界首到永

〔注一〕檢《明史》卷四〇《地理志一·順天府·固安》條云：「元固安州，洪武元年十二月降爲縣。」疑「八年」系筆誤，據删。

清縣治二十里，共計五十里；　東南至永清縣界南叉口村三十里，自界首到本府東安縣治七十里，共計一百里；　南至本府霸州界北孟村六十里，自界首到霸州治三十里，共計九十里；　西南至保定府新城縣界王村四十里，自界首到新城縣治四十里，共計八十里；　西至本府涿州界柳窠營四十里，自界首到涿州治三十里，共計七十里；　西北至本府宛平縣界桑垈四十里，自界首到本府良鄉縣治四十里，共計八十里；　北至宛平縣界榆垈二十里，自界首到宛平縣治一百里，共計一百二十里；　東北至本府大興縣界朱家務二十里，自界首到本府通州治一百四十里，共計一百六十里。

《元一統志》：　西北至上都九百三十里，北至大都一百三十里，東至本州畫家莊東東安州界二十五里，南至霸州北南村北界六十五里，西至涿州界柳科營四十里，北至宛平縣界榆垈店南十五里，東到東安州五十里，西到涿州七十里，南到霸州九十里，北到宛平縣一百三十里，東南到永清縣五十里，西南到新城縣九十里，東北到大興縣一百二十七里，西北到良鄉縣一百里。

城池

《圖經志書》：土城，周圍二里零三百四十四步，〔注一〕歲久頽圮，遺址僅存，壕已湮塞。

鼓樓，在縣治南街東。

鐘樓，在縣治南街西。

廨宇

《圖經志書》：按察分司，在縣治東。

縣治，在城内西北。

税課局，在城南街東。

惠民藥局，在城南街東。

急遞鋪：在城東玉鋪、柳泉鋪、牛堝鋪。

申明亭：在城負郭社、東徐社、魏村社、官莊社、南趙社、黄垡社、馬慶社、南房上社、良渠社、張花社、西胡社、牛堝社、王團社、孟姜社、趙家莊社、曲溝社、禮讓社、賈家莊社、駙馬莊社、彭村社、外和社、公由社、西張社、固城社、西辛莊社。

養濟院，在縣治南。

安樂堂，在縣治東南。

〔注一〕「圍」，原稿作「圖」，據文意改。

坊市

《圖經志書》：澄清坊、政化坊。已上屬坊市社。

鄉社

《圖經志書》：南趙社、東徐社、魏村社、官莊社、負郭社。已上舊屬萬春鄉。黄垡社、馬慶社、南房上社、良渠社。已上舊屬里仁鄉。張花社、西胡社。已上舊屬德義鄉。牛堝社、王團社、孟姜社、趙家莊社、曲溝社、禮讓社、賈家莊社、駙馬莊社。已上舊屬嘉禾鄉。彭村社、外和社、公由社、西張社、固城社、西辛莊社。已上舊屬歸仁鄉。

《元一統志》：萬春鄉、嘉禾鄉、歸仁鄉、大平鄉。

民屯

《圖經志書》：嬀川州歸附民屯、柳泉屯、彭村屯、魏村屯、黄垡屯、沙垡屯、賈家莊屯、中公由屯、西辛莊屯、馬村屯、官莊屯、唐陽屯、東徐屯、丁村屯、馬慶屯。

軍屯

《圖經志書》：燕山護衛屯四：孟姜社、

王團社、南房上社、曲溝社。

燕山前衛屯六： 趙家莊社一、良渠社五。

濟州衛屯七： 西辛莊社一、曲溝社二、賈家莊社一、外和社二、彭村社一。

永清右衛屯二： 牛堝社、良渠社。

永清左衛屯一： 南趙社。

壇場

《圖經志書》： 社稷壇，在城西北。

風雲雷雨山川壇，在城東南。

無祀鬼神壇，在城北。

祠廟

《圖經志書》： 三皇廟，在縣治西。

文廟，在縣治東。

城隍廟，在縣治西北。

關將軍廟，在城外西南。

學校

《圖經志書》： 縣學，在縣治東北。

射圃，在縣學東。

分教學舍，在縣治東北。

社學八： 坊市社、負郭社、南房上社、馬慶社、彭村社、西張社、曲溝社、官莊社。

風俗

《圖經志書》。與本府同。《元一統志》：與本路大興府同。

山川

《圖經志書》：清河，在縣西二十里，其源出良鄉縣琉璃河，流至本縣境，南入霸州，與拒馬河合。近年桑乾河自宛平縣西南栗垡村北衝決岸口，亦與清河合流。

巨馬河，在今理西一百一十里。

聖水，在固安縣北五十步。

曲洛溝，《析津志》：聖水在桃花東，陽鄉縣合此水，又東經六城縣故城，源自督亢陂，經縣南，東注方城泉。《元一統志》：渾河在州西二十里，源出涿州，東入州境，南流於霸州，與拒馬河合。《析津志》：桃水，首受淶水於徐城東南，東經陽鄉縣東，流入於聖水。淶水，出磬山福禄水。

古迹

《圖經志書》：督亢亭，在縣西南二十里坊城村，東南有臺高一丈五尺，周七十步，俗呼爲督亢亭，然莫知其由。《寰宇記》云：《郡國志》引徐野曰，方城縣有督亢亭。

陽鄉故城，漢爲縣，故城在今縣西北二十七里是。漢省。晉復置，爲長鄉。高齊天保七年省并涿縣，其城亦謂之長鄉故城。

故方城，《郡國志》云：在今縣南十五里，故方城即六國時燕之舊邑也。漢改爲涿郡。高齊天保七年省入涿縣。此城尚存。

臨鄉故城，漢縣，故城在今縣南五十里臨鄉故城是。後漢省，并入方城縣。

益昌故城，漢縣，故城在今縣東南五十里。後漢省，并入方城。周武帝宣政七年，於城内置堡城。

新昌故城，漢縣，故城在今縣南三十里。後漢省。其地下濕，俗亦謂之陷城。已上并見《寰宇記》。《析津志》：新昌故城縣，漢屬涿州，東漢以其地卑，俗謂之陷城，遂有唐代宗大曆四年析固安縣復置。

武陽城，燕昭王之所城也。東西二十四里，南北十七里，東南有小城，即固安縣之故城也。

韓侯城，在方城縣。已上并見《析津志》。

寺觀

《圖經志書》：觀音閣，在縣學東。

香林寺，在城南。

長真觀，在城内東北。

户口

《圖經志書》：洪武二年，初報户四百七十九户，口一千三百六十八口。洪武八年，實在户四千一百五十六户，口一萬六千八百零四口。

田糧

《圖經志書》：洪武二年，初報民地五十頃六十一畝五分五厘，每畝起科，夏税地正麥五升，秋糧地正米五升。洪武八年，實在地一千七百八十八頃九十四畝二分二厘八毫五絲，官地一十八頃二十二畝一分九厘二毫，每畝夏税起科正麥一升，秋糧正米一斗；民地一千七百七十頃

七十二畝三厘六毫五絲，每畝起科，夏税地正麥五升，秋糧地正米五升；已起科地九百四十五頃一十五畝七分九厘五毫，官地一十八頃二十二畝一分九厘二毫，民地九百二十六頃九十三畝六分三毫；未起科地八百四十三頃七十八畝四分三厘三毫五絲。〔注一〕

宦迹

《圖經志書》：劉徵，宛平人。元末爲固安州同知。洪武元年七月，聞大軍將至，徵仰天而呼曰：「爲臣死忠，爲子死孝，在今日矣！」乃謂

〔注一〕原文「未起科地地」疑衍「地」字，據上下文意删。

其妻曰：「我志已定，汝心何如？」妻應曰：「若死，吾將安之。」遂偕投井而死。

《析津志》：曹彬，雍熙三年，以夏暑班師，克固安城。

郭隗，燕人也。燕昭王卑身厚幣以昭賢者，惟隗，改築宮而師事之。於是，士争趍燕。

韓嬰，燕人。漢文帝時爲博士，推《易》意而爲之傳，以《易》授人。武帝時與董仲舒論於上前，仲舒不能難也。已上并見《析津志》。

人物

《圖經志書》孝義：哈都赤，大都固安州人。天性篤孝。幼孤，養母，母嘗有疾，醫治不痊，哈都赤礪其所佩小刀，拜天泣曰：「兹母生我劬勞，今當捐身以報之。」乃割左脅，取肉一片，作羹進母。母曰：「此何肉也？其甘如是！」數日而病愈。

徐威，字大瞻，固安之里仁鄉人。奉親至孝。父卒，築室於墓側，服喪三年，不入私室。弟嵓，字民瞻。事兄甚得弟道。未幾兄殁，事母亦以孝聞。及母喪，廬守，悲號哀毁逾節，鄉族論孝行者，咸以二徐爲稱首。元至正間，旌表其孝。

孫英，固安坊城村人。兄弟五人，長曰英，次曰仁，曰真，曰榮，曰信，家世雍睦。至英，昆弟友愛尤篤，聚族至百餘口。每飲食，必昆季共案，長幼以次列坐。凡有家事，一皆禀於其兄，雖尺帛寸布不入私室。鄉里稱之。元大德間，有司以事聞，詔旌義門。

貞婦

《圖經志書》：吴顯魯妻王氏，固安人。元末，顯魯任行唐縣主簿，爲亂兵所害，王氏聞之，泣曰：「吾夫亡矣，當與俱死耳！」遂沉於河。

土産

《圖經志書》：黍、粟、二麥、脂麻、豆、蜀黍、綿花、絲、綿、絹。《元一統志》：絲出固安州，綿出固安州，絹出固安州。

順天府志卷十二終

順天府志卷十三

香河縣

建置沿革

香河縣，《圖經志書》：本武清縣孫村地。初，遼於新倉置榷鹽院，因而居聚集，遂分武清、三河、潞縣三邑之民於孫村置縣。縣東南濱水，多生菱荷，夏秋之間，其香馥郁，因名香河，屬析津府。金初屬大興府。承安三年，隸盈州，縣名如故。元初，爲大興府屬邑。至元十三年，置漷州，割以來屬。洪武元年八月内附，仍隸漷州。

《大明清類天文分野之書》：遼本武清孫村地置香河縣，屬析津府。金初，屬大興府，承安三年屬盈州。元初，屬大興府，至元十二年置漷州屬，割以來屬。本朝洪武元年屬漷州，今隸北平府。

縣境

《圖經志書》：東西四十里，南北八十里。

至到

《圖經志書》：西北到北平府一百二十里；西到漷州四十里；東至本府寶坻縣界崔

家莊二十五里，自界首到寶坻縣治三十五里，共六十里；東南至寶抵縣界清胡臺村四十里，自界首到七里海九十里，共一百三十里；南至本州武清縣界中翼營五十里，自界首到小直沽一百里，共一百五十里；西南至武清縣界周楊家莊一十五里，自界首到武清縣治四十五里，共六十里；西至漷州界楊家莊一十五里，自界首到漷州治二十五里，共四十里；西北至本府通州界馮家莊二十里，自界首到通州治七十里，共九十里；北至本府通州三河縣界于家莊三十里，自

界首到三河縣治三十里，共六十里；東北至寶坻縣界于家莊三十里，自界首到薊州治八十里，共一百一十里

《元一統志》：西北至上都九百三十里，西北至大都一百三十里，西至本州四十里，東至本縣牛集河東寶抵縣界二十里，南至武清縣東北界後巷村四十里，西至本州東南界白浮村二十五里，北至本縣留家莊北三河縣界二十里，東到寶坻縣六十里，西到本州四十里，南到靖海縣二百四十里，北到通州三河縣六十里，東南到海二百

六十里，西南到武清縣七十里，東北到薊州漁陽縣一百五十里，西北到通州九十里。

城池

《圖經志書》：土城，周圍五里二百七十三步，年深傾圮，遺址僅存。

廨宇

《圖經志書》：按察分司，在縣治東南，洪武九年創蓋。

縣治，在城内西北，洪武三年依式蓋造。

惠民藥局，在縣治東，洪武五年創蓋。

官鹽局，在縣治東，洪武五年設置。

急遞鋪三：在城鋪、馬家窩鋪、港西鋪。

申明亭六：在城、馬家窩、營莊、馬家莊、吴村、港西。

養濟院，在縣治東南，洪武八年創蓋。

安樂堂，在縣治東，洪武八年創蓋。

坊市

《圖經志書》：坊市社。

鄉社

《圖經志書》：馬家窩社、渠口社。已上舊屬東鄉。

劉宋家莊社、營莊社、王家莊社。已上舊屬南鄉。

馬家莊社、舊屬西南鄉。

港西社、舊屬西鄉。

吴村社。舊屬北鄉。

《元一統志》：東鄉、南鄉、西鄉、北鄉。

軍屯二

《圖經志書》：密雲衛中所屯，在營莊社。

永清右衛屯，在河北村。

壇場

《圖經志書》：社稷壇，在城西北，洪武三年創建，八年依式修整。

風雲雷雨山川壇，在城東南，洪武三年創建，八年依式修整。

無祀鬼神壇，在城北，洪武三年創築。

祠廟

《圖經志書》：三皇廟，在縣治東南，舊建。

文廟，在縣治東，洪武八年創建。

城隍廟，在縣治東，洪武三年依式創建。

學校

《圖經志書》：縣學，在縣治東，洪武三年創蓋。

射圃，在縣學東，洪武五年創築。

社學：吴村、馬家窩、劉宋家莊。

風俗

《圖經志書》。與本州同。

山川

《圖經志書》：白路河，在城西八里，南流經武清縣境，至小直沽，入於海。

蒲石河，在城東五里，下流至寶城縣，達於海。

户口

《圖經志書》：洪武二年，初報户二百六十六，口八百三十一。洪武八年，實在户九百五十四，口三千三百九。

田糧

《圖經志書》：洪武二年，初報民地三頃八十三畝，每畝起科，夏稅地正麥五升，秋糧地正米五升。洪武八年，實在民地三百二十四頃五十一畝九分二厘九毫，每畝起科，夏稅地正麥五升，秋糧地正米五升；已起科地一百五十三頃六十七畝九分二厘九毫，未起科地一百七十頃八十四畝。

土產

《圖經志書》：粟、黍、大麥、小麥、豆、蜀黍、脂麻、絲、綿、絹、綿花。

順義縣

沿革

順義縣，《圖經志書》：本春秋戰國之燕境，秦屬上谷郡，兩漢及魏晋皆領於范陽，北齊始

置歸德郡於燕東北，建行臺。隋開皇中，厥稽部長突地稽率八部内附，置順州以處之。大業八年，置遼西郡。唐武德初，改燕州。天寶元年，復名歸德郡。乾元元年，又改順州。會昌中，又名歸順州。唐末仍爲順州，遼因之。

金既取遼，割以歸宋，宋賜名順興軍。未幾，復没於金，仍曰順州，增置温陽縣。元革縣存州，隸大都路。洪武元年八月内附，二年三月降爲順義縣，隸北平府。

《大明清類天文分野之書》：周春秋戰國

時并燕地。秦爲上谷郡地。漢、三國、晉，并范陽之境。北齊改歸德郡。隋開皇中爲順州府，煬帝八年置遼西郡。

唐武德初改燕州，天寶元年復爲歸德郡，乾元元年改名順州。五代爲歸德州治。遼初爲歸德郡，後改歸化軍。金割以遺宋，宋置順興軍團練使，未幾金仍爲州，置温陽縣。元縣罷而州存，屬大都路。本朝洪武二年降爲順義縣，屬北平府。

懷柔縣，本朝洪武十三年分密雲、昌平二縣地，新建懷柔縣，在順義縣北，屬北平府。

《九域志》：順州下領賓義一縣。燕州歸德郡，領遼西一縣。歸順州下領懷柔一縣。

《太平寰宇記》：歸順州，今理懷柔縣。其地乃燕之北境。燕太子丹使荆卿獻地圖，蓋謂此地，即元順州之北境。開元四年，置爲契丹松漠府彈汗州部落，領懷柔一縣。天寶元年，改爲歸化郡。乾元元年，復爲歸順州。自禄山之亂，此地因陷入胡。元領縣一懷柔。

懷柔縣州所治燕。燕州，歸德縣，今理遼西縣。星分尾斗。

秦爲上谷郡地，歷代土地所屬於范陽同。《釋名》云：燕，宛也。在涿鹿山南，宛宛以爲國都也。置在幽州，領靺鞨，本粟末靺鞨别種也。隋《北蕃風俗記》云：初，開皇中，粟末靺鞨與高麗戰不勝，有厥奚部渠長突地奚者，率忽賜來部、窟突始部、悦稽蒙部、越羽部、步護賴部、破奚部、步步括利部，凡八部勝兵數千人，自扶餘城西北舉部落向關内附，處之柳城，乃燕都之北。煬帝大業八年，爲置遼西郡，并遼西、懷遠、瀘河三縣以統之，取秦、漢遼西郡爲名也。唐武德元年，改爲燕州總管府，領遼西、瀘河、懷遠三縣，其年廢瀘河縣。六年，自營州南遷，寄治於幽州城内。貞觀六年，廢都督，仍省懷遠縣。開元二十五年，移治所於幽州北桃谷山。天寶元年，改爲歸德郡。乾元元年，復爲燕州。元領縣一遼西。

遼西縣，四鄉。隋大業八年置，屬遼西郡，與郡同在汝羅故城城之。至十一年寄理柳城。唐武德元年，郡爲燕州，縣屬不改。六年燕州寄理幽州，縣亦遷於今所置。《郡縣志》：順州順興郡團練。

下順州，唐置。石晉以賂契丹。宣和四年，女真以州歸我，十月賜郡名曰順興懷柔契丹松漠府彈汗州部落。《元一統志》：州本《禹貢》冀州之域。春秋及燕國，并爲燕北人所居。秦上谷郡地，兩漢及魏晉皆爲范陽之境。晉永嘉後陷於石勒，勒敗後，歷慕容氏至北齊改爲歸德郡，燕東北置行臺。隋文帝開皇中，以燕都之北故城爲順州。煬帝八年置遼西郡，取秦漢遼西郡名也。唐武德初，改燕州。天寶元年復爲歸德郡。乾元元年改名順州。會昌中爲歸順州。唐末又爲順州。遼初爲歸寧軍，後更曰歸化軍。金因其舊，割以遺宋，宋以州本唐所置，賜名順興軍團練使。未幾，復爲金所取，仍曰順州，置温陽縣。國朝廢縣而州存焉，隸大都路。《輿地要覽》：順州下，《禹貢》冀州之域。隋開皇十八年，割幽州密雲、燕樂二縣，置檀州於舊玄州。今又置順州，郡名順義。

縣境

《圖經志書》：東西六十里，南北六十里。

至到

《圖經志書》：西南到北平府七十里；東至本府通州三河縣界龐里村三十里，自界首到本府薊州平谷縣治六十里，共計九十里；東南至三河縣界車房村四十里，自界首到三河縣治五十里，共計九十里；南至本府通州界龐村三十里，自界首到通州治三十里，共計六十里；西南至本府宛平縣界望京村三十五里，自界首到宛平縣三十五里，共計七十里；一自界首到本府大興縣治三十一里，共計六十六里；〔注一〕西至本府昌平縣界土溝村三十里，自界首到宛平縣東龍門

〔注一〕此句不通，疑有脱文。

關二百二十里，共計二百五十里；西北至昌平縣界西施村四十里，自界首到昌平縣治五十里，共計九十里；北至本府密雲縣界鄭家莊三十里，自界首到密雲縣開連口五十里，共計八十里；東北至密雲縣界年豐店三十里，自界首到密雲縣治四十里，共計七十里。

《太平寰宇記》：南至東京，西南至西京一千八百五十里，西南至長安二千七百里，東至薊州二百一十五里，南至幽州八十五里，西至嬀州二百里，北至檀州七十五里，東南至薊州同上，西南至幽州同上，西北至嬀州，東北至檀州。又云：東南至東京，西南至西京一千八百七十六里，西南至長安二千六百一十三里，東至檀州八十里，西至幽州九十里，西至幽州昌平縣五十里，北至大山五里，東南至後魏廢易京城四十里，西南至芹河五里，西北至乾河山五里，東北至宋城鎮二十五里。

《元一統志》：西北至上都八百里，西南至大都七十里，東至本州郭家務東三河縣界三十里，南至本州臨清村南趙州界三十里，西至本州白狼河西昌平縣界三十里，北至本州年豐村北檀州西南界三十里，東到平谷九十里，西到昌縣九十里，南到通州六十里，北到縉山縣四百二十里，東南到三河縣九十里，西南到大都七十里，西北到懷來縣三百五十里，東北到檀州七十里。

城池

《圖經志書》：土城，周圍九里一十三步，歲久頹闕，基址僅存。

鼓樓，在縣治前。

廨宇

《圖經志書》：按察分司，在縣治東南，洪武九年創蓋。

縣治，在城內正北，洪武三年依式創蓋。

税課局，在縣治南，洪武七年創蓋。

馬驛，在縣治南。本縣舊無驛傳，以東北至密雲縣古北口，乃邊將往來要道，洪武九年始約量設置。

惠民藥局，在縣治南，洪武七年創蓋。

官鹽局，在縣治西，洪武八年創蓋。

急遞鋪六：各鋪置烟墩一座。在城、牛家莊鋪、內正莊鋪、孫堠店鋪、向陽村鋪、牛欄山鋪。

申明亭一十五：在城、奉伯社、城子社、管頭社、塔河社、沙峪社、桃山社、甸子社、汪路社、北采社、沙浮社、定順堡社、滎家莊社、牛欄山社、胡家莊社。

養濟院，在縣治西，洪武七年創蓋。

安樂堂，在縣治東，洪武九年創蓋。

坊市

《圖經志書》：坊市社。

鄉社

《圖經志書》：奉伯社、北采社、胡家莊社。已上舊屬河瀨鄉。

城子社、甸子社。已上舊屬仁智鄉。

牛欄山社、桃山社。已上舊屬豐樂鄉。

汪路社、沙峪社。已上舊屬德信鄉。

滎家莊社、定順堡社。已上舊屬廣平鄉。

管頭社、沙浮社。已上舊屬德義鄉。

《元一統志》：河瀨鄉、崇義鄉、廣平鄉、德信鄉、豐樂鄉、仁智鄉。

軍屯二十六。

《圖經志書》：密雲衛八：城子社一，北采社二，牛欄山社二，甸子社三。

永清右衛七：塔河社一，榮家莊社二，甸子社一，沙峪社一，管頭社二。

通州衛二：榮家莊社一，定順堡社一。

大興左衛二：甸子社一，汪路社一。

濟陽衛一：定順堡社。

燕山右衛六：坊市社一，北采社二，胡家莊社一，塔河社一，甸子社一。

壇場

《圖經志書》：社稷壇，在城外西北，洪武三年依式創建，八年依式修整。

風雲雷雨山川壇，在城外東南，洪武三年依式創建，八年依式修整。

無祀鬼神壇，在城外正北，洪武三年依式創建。

祠廟

《圖經志書》：三皇廟，在縣治西，舊建。

文廟，在縣治西，舊建。

城隍廟，在縣治西南，洪武三年依式創建。

學校

《圖經志書》：縣學，在縣治西，洪武八年創蓋。

射圃，在縣治西，洪武八年創築。

分教學舍，在縣治南，洪武八年創蓋。

社學三：定順堡社、奉伯社、沙浮社。

風俗

《圖經志書》。與本府同。《寰宇記》、《春秋説題辭》云：箕尾爲燕，陰氣生，俗貪利，地宜粟。《元一統志》：地近京師，俗亦如之。

形勢

《圖經志書》。《元一統志》：北有牛山，東有白河。

山川

《圖經志書》：呼奴山，在縣治東北二十五里，下有鮑丘水，自南流入白河。《元一統志》：事迹莫可考。

牛欄山，在縣北二十五里。《析津志》：在縣北二十五里。《輿地要覽》：七十里至檀州。

史山，在縣西北二十五里。

潮河，在縣東北一十五里，自密雲縣界西南流至本縣，與白河會。《元一統志》：發源自檀州界東北，歷本州與白河合。又東南接通州潞河。

白河，在縣東二里，古名白遂河，發源自密雲界，由本縣東南流入通州潞河，水勢激衝，沙地疏惡，每歲雨潦暴溢，則泛濫散出，廣淶深淺，無有常度。

榆河，在縣西南二十里，古名温渝河，其源出昌平境，由本縣孫堠店東南流入通州。

潞河，在州西南二十五里，出昌平縣界，西南歷孫堠上保，東南接連通州，合温餘河。

白茫淀，在縣東北二十五里，在州東北二十五里，水色茫然而白，故名。

猪渡泊，泊在縣西北二十里，俗呼此名。

《析津志》作猪肚濼。

河甸泊，在順州。

銀冶山，在州北。

孔山，上洞冗開明，故名。

螺山，州北。《輿地要覽》又名赤城河，從塞外入温餘河。

《析津志》：大夏陂，五十里至順州。

白嶼河，又名白河。《輿地要覽》：東北

三城水與石門水合源出桑溪。

橋梁

《圖經志書》：土橋，在縣東北牛欄山社，去城二十七里。《析津志》：順州四：孫村一，橫橋一，牛欄山一，李家臺一。

古迹

《圖經志書》：古城一，在縣東北二十五里大李莊。《元一統志》：尚有基址，一在縣西北二十五里成家莊。《析津志》：廢置莫考，一在呼奴山下。《輿地要覽》：長城去州四十五里。

寺觀

《圖經志書》：隆興寺，在縣東北。

帝興寺，在縣西南。

大雲寺，在城南門外。寺已毀廢，止存古塔。

會真觀，在縣東南二十五里。

户口

《圖經志書》：洪武二年，初報户五百七十五户，口一千七百三十四口。洪武八年，實在户四千二百一十三户，口一萬六千一百七十七口。《寰宇記》：唐天寶户一千三十七。又云：唐天寶户二千四十五。《郡縣志》：懷柔縣，宋户一千三十七。

田糧

《圖經志書》：洪武二年，初報民地七頃九畝，每畝起科，夏税地正麥五升，秋糧地正米五升。洪武八年，實在地一千二百七十七頃九十八畝四分，官地一十五頃八十一畝，每畝起科，夏税地正麥一斗，秋糧地正米一斗；民地一千二百六十二頃一十七畝四分，每畝起科，夏税地正麥五升，秋糧地正米五升；已起科地六百二十七頃七十一畝五分，官地一十五頃八十一畝，民地六百一十一頃九十畝五分；未起科民地六百五十頃二十六畝九分。

人物

《圖經志書》：石天麟，字天瑞，順州人。事元。憲宗嘗遣使海都，拘留久之，既而邊將劫皇子北安王以往，天麟稍與其用事臣相親狎，因語以宗親恩義，及臣子逆順禍福之理，海都聞之悔悟，遂遣天麟與北安王同歸。世祖大悦，賞賚甚厚。授中書左丞，固辭不拜。時權臣用事，凶焰薰炙，人莫敢言。天麟獨言其奸，無所顧忌，人服其忠直。累官至平章政事。追封冀國公，謚忠宣。

土產

《圖經志書》：粟、黍、大麥、小麥、黑豆、菉豆、脂麻、蜀黍、綿花、藍靛、魚。《寰宇記》：豺尾、綿布、栗。《貨殖傳》云：燕秦，千樹栗。

良鄉縣

沿革

良鄉縣，《圖經志書》：春秋戰國時，在燕爲中都。西漢置良鄉縣，以其人物俱良故名。東漢因之，晉屬范陽國，元魏屬燕郡。北齊天保七年省入薊縣，武平六年復置。隋屬涿郡，開皇六年又屬幽州。唐聖曆元年改名固節，神龍元年復爲良鄉。五代唐莊宗末，趙德鈞鎮幽州，始移於鹽溝，即今治所也。遼、金皆仍舊名，元因之，屬大都路。洪武元年八月内附，隸北平府。

《大明清類天文分野之書》：周春秋時，在燕爲中都。漢爲良鄉縣，涿郡。晉屬范陽國。元魏屬燕郡。北齊天保七年省入薊縣，武平六年復置。隋屬涿郡。唐聖曆元年改固節縣，神龍元年復爲良鄉縣。五代、唐置縣治於鹽溝。遼、金并因之。元屬大都路。本朝屬北平府。《元一統志》：置良鄉縣，遼、金皆仍舊名，國朝因之，隸大都。

縣境

《圖經志書》：東西三十二里，南北六十里。

畝起科，夏税地正麥五升，秋糧地正米五升；已起科地六百六十一頃七十四畝八分八厘八毫九絲，官地九十五畝，民地六百六十頃七十九畝八分八厘八毫九絲；未起科民地四百四十七頃五十四畝五分。

人物

《圖經志書》：梁德珪，字伯温，良鄉人。元初給事昭睿順聖皇后，令習國語，通奏對。後遷至參議尚書省事。〔注一〕會執政奏事，世祖詢其曲折，不能對；德珪從旁辯析，明白通暢，上悦，拜參知政事。在省日久，凡錢穀出納之制，銓選進退之宜，諸藩賜予之節，命有驟至，不暇閱簡牘，同列莫知措辭，德珪數語即定。北京地震，帝閲州郡報囚之數，怪其過多，德珪方在左右司，〔注二〕詔問焉。對曰：「當國者急於徵索，蔓延收繫，以致爾。」帝感悟，爲大赦中外逋負，民賴以蘇。

張誠，字彦清，邑西里人也。元大德間，嘗出，見有小篋於道旁，誠謹守之，以伺遺者。久之不至，因負以歸，啓篋盡金帛也，則往來求其人以還之。有張琮者，以兄瑾非罪逮繫，將持此營贖，

〔注一〕「遷至」，原稿爲「遣主」，據《元史》卷一七〇《梁德珪傳》改。

〔注二〕「左」，《元史》卷一七〇《梁德珪傳》無此字。

〔注一〕「一十二里」與「二百八十里」相加，不是「三十里」，此處有誤。

〔注二〕「一十五里」與「二百四十里」相加，不是「二百六十里」，此處有誤。

至到

《圖經志書》：東北到北平府七十里；東至本府宛平縣界狼垡村二十里，自界首到本府漷州治一百三十里，共計一百五十里；東南至本府宛平縣界桑垡村四十里，自界首到本縣固安縣治四十里，共計八十里；南至本府涿州界鹿頭村四十五里，自界首到保定府雄縣治一百三十五里，共一百八十里；西南至本府涿州界挾河店三十里，自界首到涿州治三十里，共計六十里；西至本府涿州房山縣界開古莊一十二里，自界首到房山縣治一百八十里，共計三十里；〔注一〕西北至房山縣界焦家莊二十里，自界首到宛平縣西龍門關二百六十里，共計二百八十里；北至房山縣界北公村一十五里，自界首到宛平縣東龍門關二百四十里，共計二百六十里；〔注二〕東至宛平縣界泥河兒一十五里，自界首到宛平縣治五十五里，共計七十里。

《元一統志》：北至上都八百七十里，東北至大都七十里，東至宛平縣南界首桑垡村二十里，西至房山縣董村東界首十五里，南至范陽縣東北界首張村四十五里，北至房山縣東北界北公村十五里，東到大興縣七十里，西到房山縣三十里，南到新城縣一百三十里，北到宛平縣平坡山五十里，東北到宛平縣七十里，東南到固安州一百里，西南到涿州范陽縣六十里，西北到房山縣大防山四十五里。

城池

《圖經志書》：土城，周圍三里，歲久摧毁，壕池湮塞。

鼓樓，在縣治東南。

廨宇

《圖經志書》：按察分司，在縣治東，洪武九年創蓋。

縣治，在城外西北，洪武三年依式蓋造。

税課司，在縣治東南城内，洪武七年創蓋。

巡檢司，在琉璃河，洪武八年創蓋。

固節驛，內設置板倉一所。在縣治東南城内，洪武三年創蓋，舊名良鄉驛，九年改今名。

惠民藥局，在縣治東南城内，洪武三年創蓋。

官鹽局，在縣治東南城内，洪武八年創蓋

急遞鋪五：在城鋪、每鋪置烟墩一。燕谷鋪、舊店鋪、重義鋪、長陽鋪。

申明亭一十一：在城、燕谷社、重義社、故馬社、永安社、公村社、丁修社、魯村社、長舍社、北趙社、高舍社。

養濟院，在縣治東南城内，洪武八年創蓋。

安樂堂，在縣治東南城内，洪武九年創蓋。

坊市

《圖經志書》：承宣坊、厚俗坊、美化坊、平政坊。已上屬坊市社。

鄉社

《圖經志書》：燕谷、長舍社、北趙社、高舍社。已上舊屬興禮鄉。

丁修社、魯村社、公村社。已上舊屬安仁鄉。

重義鄉、故馬社、永安社。已上舊屬昌黎鄉。

東鄉、中鄉、西鄉。

軍屯一十七。

《圖經志書》：永清左衛一十：魯村社四，高舍社三，北趙社二，長舍社一。

濟州衛二：坊市社一，公村社一。

燕山護衛三：公村社二，高舍社一。

燕山左衛二：丁修社二。

壇場

《圖經志書》：社稷壇，在縣治西北，洪武三年依式創建，八年依式修整。

風雲雷雨山川壇，在城東南，洪武三年依式創建，八年依式修整。

無祀鬼神壇，在縣治北，洪武三年依式創建。

祠廟

《圖經志書》：三皇廟，在縣治東南，洪武五年創建。

文廟，在縣治東南城内，洪武五年創建。

城隍廟，在縣治東南城内，洪武四年依式創建。

學校

《圖經志書》：縣學，在縣治東南城内，洪武八年創蓋。

射圃，在縣學西，洪武八年創築。

分教學舍，在縣治西，洪武八年創蓋。

風俗

《圖經志書》。與本府同。

山川

《圖經志書》：遼石岡，按《金史》作料石岡，在縣東三里。金人於上建法像大禪寺及多寶佛塔，高二百餘尺，今寺已毁，而塔尚存。

琉璃河，按《金史》作劉李河，在縣南三十里，其源出房山縣龍泉峪，沿山而下，東流百餘里，過固安縣，入霸州拒馬河。

廣陽水，水在縣東一十里，其源自房山縣北公村，至本縣境，南流與桑乾河合。□廣陽故城下南流入固安州界，與渾河合。

桑乾河，俗呼渾河，在縣東三十里，自宛平縣盧溝橋東衝決南流，至本縣與廣陽水合，然下流淤塞，或遇久雨，則潦水横溢，時爲民患。

鹽溝河，按《金史》作閻溝河，在縣南二百餘步，其源出宛平縣西龍門關口。《元一統志》：源發自龍門口，東南與廣陽水合流。又東南入固安州界，合渾河。

龍谷泉，在縣西一十八里。金大定間，里人有郭氏者見岡下微潤，因以杖劚之，有泉涌出，味甘异常，引以爲渠，東流與鹽溝河合。

餘步鹽溝河，一在縣東一十里廣陽水，一在縣南三十里。《析津志》：琉璃河二十五座：〔注一〕路村一，廣陽一，〈公孫一〉，興黑一，顔仙垈二，顔村東一，西葫蘆一，宜民二，西魯村二，南故一，陶村一，故村二，馬村一，白鷺一，石羊一，南樂一，鑾營二，三叉一，顔村西一。

〔注一〕「二十五座」，下列共二十四座，缺一座。

古迹

《圖經志書》：廣陽故城，在縣東一十里廣陽水上，即漢之舊縣也。《寰宇記》：城在今縣東北三十七里，漢爲縣。高齊天保七年，省入薊縣。

觀蓮城，在縣南三十里，故老相傳竇建德所築，傍有蓮池尚存。

聖水井，井在遼石岡西南，有泉出石穴，土人相傳飲之可愈病，滌之可明目。

《雲麾將軍碑》，碑在固節驛前，唐靈昌郡太守李邕文并書。按碑略曰：李秀，字玄秀，范陽人也。唐神龍間，與吐蕃戰，其功朝廷録异等，自忠武將軍特拜雲麾將軍，官中郎將，爵遼西郡開國公。《元一統志》：碑在良鄉縣驛。《唐故雲麾將軍左豹韜衛翊府中郎將遼西郡開國公上柱國李府君神道碑》，靈昌郡太守李邕文并書。按碑序：公諱秀，范陽人。與吐蕃戰，天子録异等，加懋功，自忠武將軍右衛翊府左郎將，特拜雲麾將軍。開元四載四月一日，春秋六十有二，薨於范陽郡之私第。今碑石尚存，以李邕所書碑本盛傳於世。

樂毅冢，在縣南三里。按《史記》：燕昭王築臺禮士，樂毅自魏往，王以爲亞卿，任以國政。將兵伐齊，乘勝下齊七十餘城。其後出奔，

〔注一〕原文「三十者」，據前後文意疑「三十年」之誤。

大疫，仁兄弟俱亡。二婦服闋，李謂馬曰：「黄氏兄弟不幸早世，乃吾等之不幸也。當相與守節以死，勿宜异心。」馬應曰：「諾。」一日，李持其資裝首飾，以示馬曰：「此少時出嫁之具也，又何庸於今乎？盍趣賣以養舅姑。」馬然其言。自是同心服勤耕織如如者三十者。〔注一〕事聞於朝，詔旌表門閭，仍遣官奉金帛詣其宅以賜焉。

仙佛

《圖經志書》：張嵩，西里人也。好習道術，人尊師之。常教弟子曰：「超凡入聖，功在自修。弟弟忠信，勿欺勿誑。」其化去時，所居觀中，五色雲見，三日不絕，衆驚异焉。元至正間，吴全節嘗紀其事，至今故老多道能云。

土産

穀、黍、大麥、小麥、蜀黍、脂麻、豆、綿花、絲、綿。

靈异

《圖經志書》：梁斗南，字拱辰，邑南里人也。爲金進士。故老相傳云：斗南少讀書閭山，夜與同舍生論及鬼神事，斗南以爲鬼神無形無聲，無足畏者，衆曰：「汝言若此，今閭山廣寧